PARIS. IMPRIMERIE DE PILLET FILS AINÉ,
5, RUE DES GRANDS-AUGUSTINS.

CATALOGUE

D'UNE BELLE RÉUNION

de

TAPISSERIES

DES GOBELINS, DE BEAUVAIS, D'AUBUSSON, &c.

PARMI LESQUELLES ON REMARQUE :

Douze belles Portières aux armes de Colbert

Belles étoffes anciennes ;

Faïences de Perse ; Faïences italiennes, de Moustiers et autres ; Porcelaines ;
Argenterie ancienne ; Meubles en bois sculpté ;
Objets en fer forgé et en bronze, de travail italien ;
Objets variés

DONT LA VENTE AURA LIEU

HOTEL DROUOT, SALLE N° 1

AU PREMIER

Le Samedi 15 Avril 1865

A DEUX HEURES PRÉCISES

Par le ministère de Mᵉ **CHARLES PILLET**, Commissaire-Priseur,
rue de Choiseul, 11,

Assisté de MM. **MANNHEIM**, Experts, rue de la Paix, 10,

Chez lesquels se distribue le présent Catalogue.

EXPOSITION PUBLIQUE

Le Vendredi 14 Avril 1865, de une heure à cinq heures.

CONDITIONS DE LA VENTE

Elle sera faite au comptant.

Les adjudicataires payeront *cinq pour cent* en sus des enchères, applicables aux frais.

Paris. — Imprimerie de PILLET fils aîné, rue des Grands-Augustins, 15.

DÉSIGNATION

DES OBJETS

Faïences diverses

1 — Très-belle soupière ovale et son plat, richement ornés de bouquets et guirlandes de fleurs et rehaussés d'une dorure très-épaisse. Les armes de la famille Borghèse y sont plusieurs fois répétées. Fabrique de MILAN.

2 — Deux jardinières forme éventail; belle dorure. Même fabrique.

3 — Grand plat ovale représentant une chasse à l'autruche, avec de nombreux personnages; belle bordure d'arabesques sur les bords. Fabrique de MOUSTIERS.

4 — Plat à bords contournés, décoré en bleu dans la manière de Bérin. Même fabrique.

5 — Autre plat portant au centre les armes de KASSEL : *d'argent à cinq macles de gueules posés en croix.*

6 — Deux jardinières sur quatre pieds, à décor de fleurs de plusieurs couleurs et en relief. Même fabrique.

7 — Rafraîchissoir de forme évasée, orné de fleurs en relief en couleurs variées. Même fabrique.

8 — Grand plat rond représentant une chasse à l'ours; bordure d'arabesques et feuillages.

9 — Plat octogone à bords relevés; au centre, des arabesques, lambrequins, pots à feu, etc. Style Louis XIV. Même fabrique.

10 — Grande fontaine et son couvercle; décor bleu d'après Bérin.

10 *bis* — Trois assiettes ornées de fleurs. faïence de Marseille.

Faïences de Perse

11 — Très-grand bol décoré d'arabesques et rehaussé de dorures.

12 — Deux chopes à anses décorées de galères aux voiles déployées.

13 — Grand plat orné de fleurs, palmes et autres ornements en couleurs vives.

14 — Petit plat du même genre.

15 — Tasse et soucoupe, même faïence.

Porcelaines

16 — Paire de flambeaux carrés en ancienne porcelaine du Japon, bleu rouge et or.

17 — Deux seaux à anses en forme de coquille, ancienne porcelaine du Japon.

18 — Très-grande jardinière ronde, ancien Japon; décor bleu à oiseaux fantastiques, etc. Cette pièce a été cuite en trois morceaux.

19 — Jardinière de forme hexagonale, même porcelaine.

20 — Deux jolis seaux de forme contournée, en ancienne porcelaine de Venise.

Meubles et Objets divers

21 — Grand meuble en noyer à deux portes et à deux tiroirs, orné de belles sculptures. Époque de Henri II.

22 — Crédence à deux portes et deux tiroirs, également en noyer. XVIᵉ siècle.

23 — Jolie cheminée en noyer sculpté du temps de la Régence.

24 — Petite table à ouvrage ovale, sur quatre pieds contournés en bois de rose et marqueterie; dessus en marbre blanc. Époque Louis XV.

25 — Autre table à ouvrage de forme ronde et sur trois pieds. Époque Louis XVI.

26 — Commode contournée en marqueterie du temps de Louis XV; chutes et poignées en cuivre ciselé représentant des amours jouant des instruments; cartouches et autres ornements.

27 — Cadre de glace en fer repoussé et ciselé représentant des gaînes, mascarons, etc. Travail du XVIᵉ siècle.

28 — Deux flambeaux en bronze à large base ronde et sur trois pieds, ornés de feuillages, rinceaux, etc., ciselés. Style du XVIᵉ siècle.

29 — Petite pendule du temps de Louis XVI en marbre blanc et bronze doré, représentant un sacrifice à l'amour.

30 — Grande et belle lanterne en bronze finement ciselé,

garnie de ses verres et de cristaux taillés. Époque de Louis XV.

31 — Autre plus petite.

32 — Deux grands chenets gothiques en fer forgé et ciselé, surmontés de boules de cuivre.

33 — Deux autres moins grands.

34 — Une grande glace Louis XVI en bois sculpté et doré.

35 — Armoire à deux corps et à quatre portes en bois sculpté. XVIe siècle.

36 — Autre. Même époque.

37 — Deux petites consoles en bois sculpté et doré.

38 — Une paire d'appliques à deux lumières, en bronze finement ciselé et doré. Époque Louis XV.

39 — Deux appliques à trois lumières en fer forgé, ornées de feuilles en relief.

40 — Deux autres, du même genre.

41 — Deux beaux heurtoirs en fer forgé et ciselé, avec

fleurs, feuillages et autres ornements en relief. Beau travail de forge.

42 — Deux heurtoirs plus petits en bronze, avec têtes de femmes. Époque Louis XIV.

43 — Deux petits chenets en fer forgé. Époque Louis XIII.

44 — Petite pendule en bronze doré, style rocaille, surmontée d'un vase.

45 — Autre petite en marqueterie d'écaille, avec ornements en bronze doré. Époque Louis XIV.

46 — Fontaine en forme de vase et très-grande vasque ovale en cuivre repoussé et ciselé, très-riches d'ornements. Travail italien du XVIe siècle.

47 — Deux flambeaux en buis finement sculptés. Époque Louis XIV.

48 — Petit groupe en bronze représentant le Baiser de Houdon. Très-bonne épreuve du temps, sur socle en marbre bleu turquin.

49 — Un trépied en fer forgé.

50 — Autre du même genre.

51 — Deux chenets forme pyramide, en cuivre gravé, avec bustes, etc. Époque Louis XIV.

52 — Autres, surmontés de vases. Époque Louis XVI.

53 — Joli cadre de glace en bois sculpté. Style de Toro, travail français.

53 *bis* — Petite console de salle à manger en acajou, avec cuivres dorés et marbre blanc. Époque Louis XVI.

Argenterie ancienne

54 — Plat ovale, orné de fruits, fleurs et amour, repoussés et ciselés. Époque Louis XIII. Poids, 170 gr.

55 — Timbale en vermeil, avec ornements gravés. Époque Louis XIV. Poids, 182 gr.

56 — Autre. Même époque. Poids, 121 gr.

57 — Sucrier ovale sur quatre pieds. Époque Louis XV. Poids, 206 gr.

58 — Quatre salières ovales. Epoque Louis XVI.

59 — Deux flambeaux à base contournée, avec ciselures. Époque Louis XV.

60 — Deux vases à renflements sur piédouche, repoussés et
ciselés. Poids, 530 gr.

Tapisseries

61-64 — Huit belles portières en ancienne tapisserie des Gobelins, portant au centre les armes de Colbert reposant
sur des cornes d'abondance, soutenues par des figures de
victoires ailées ; la couronne est supportée par deux figures de génies. Ces tapisseries sont rehaussées de parties
tissées en fin. Elles seront vendues par paire. Haut.
3 m. ; larg. 2.

65-66 — Quatre autres belles portières en ancienne tapisserie
des Gobelins, présentant à leur centre les armes de Colbert, avec riche entourage d'ornements, de fleurs, de
cornes d'abondance, etc. Haut. 3 m. 80 c,; larg. 2 m.
45 c.

Suite de cinq grandes tapisseries représentant divers
sujets empruntés aux Noces d'Esther et d'Assuérus.
Bordures ornées d'oiseaux, feuillages, etc.

67 — Haut. 3 m. 25 c.; larg. 4 m. 60 c.

68 — Haut. 3 m. 30 c.; larg. 2 m. 90 c.

69 — Haut. 3 m. 30 c.; larg. 2 m. 90 c.

70 — Haut. 3 m. 30 c. ; larg. 3 m.

71 — Haut. 3 m. 10 c. ; larg. 2 m. 55 c.

72 — Jolie tapisserie d'Aubusson représentant un sujet pas-
toral, d'après Boucher. Haut. 3 m. 30 c.; larg. 1 m. 25 c.

73-74 — Quatre grandes tapisseries de Beauvais, représentant
divers personnages au milieu d'un parc enrichi de monu-
ments. Riche bordure à tritons, naïades, fleurs et ornements. Haut. 4 m. 07 c., 4 m. 18 c. et 4 m. 09 c. ; larg.
3 m. 55 c., 5 m. 15 c. et 4 m. 50 c.

75 — Très-grande tapisserie de Beauvais, représentant le
triomphe d'Alexandre, d'après Jules Romain, dans une
riche bordure à trophées d'arm s en camaïeu rouge et portant un blason. Dans un cartouche, soutenu par deux génies ailés, se trouve l'inscription : *Fructus Belli.*. Larg.
9 m. 14 c. ; haut. 4 m. 92 c.

76. — Deux tapisseries analogues, mais en très-mauvais
état.

77 — Grande et belle tapisserie de Beauvais ; à son centre se
trouve un large médaillon rond, qui offre un sujet de personnages figurant le mois de juillet; au pourtour se trou-
vent les signes du zodiaque ; les angles sont ornés de figures allégoriques et la bordure extérieure se compose de
mascarons et de guirlandes de fleurs. Haut. 4 m. 40 c.;
larg. 3 m. 95 c.

1,220.

78 — Grande tapisserie analogue à celle qui précède ; elle représente le mois d'août. Haut. 4 m. 40 c. ; larg. 3 m. 95 c.

1,030.

79 — Autre grande tapisserie, représentant le mois de septembre. Haut. 4 m. 56 c. ; larg. 4 m. 18 c.

1,500.

80 — Autre belle tapisserie analogue à celles qui précèdent ; elle représente le mois d'octobre. Haut. 4 m. 40 c. ; larg. 3 m. 95 c.

81 — Quatre tapisseries à paysages et figures, et à bordures de fleurs et figures.

82 — Deux tapisseries à paysages et bordures de fleurs en très mauvais état.

270.

83 — Tapisserie très-étroite mais très-haute, représentant un sujet champêtre avec bordure de fleurs et d'ornements.

Tapis

84 — Très-ancien tapis de Perse de forme carrée, orné de fleurs, arabesques, rosaces, etc., dans le style des faïences de Perse. Mesurant 2 m. 60 c. sur 2 m. 35 c.

85 — Autre du même genre. Mesurant 2 m. sur 2 m. 55 c.

86 — Petit tapis de Smyrne, forme carré long.

Étoffes anciennes

87 — Très-beau tapis de table vénitien, en velours à parterre de couleurs variées, sur fond d'or.

88 — Un tapis en point de Hongrie, brodé en soie.

89 — Grande et belle couverture en damas de soie vert, avec ses galons et franges du temps.

90 — Grand et beau couvrepieds en guipure. Haut. 2 m. 50 c., larg. 2 m. 25 c.

91 — Autre pareil. Mêmes dimensions.

92 — Autre du même genre. Haut. 2 m. 40 c. ; larg. 1 m. 58 c.

93 — Très joli tapis de table Louis XV brodé en fin or et argent sur fond de satin orange ; au milieu une armoirie, frange argent ; doublure soie.

94 — Autre du même genre bordé d'un galon d'or.

95 — Couvrepied en satin blanc-piqué ; le centre et les coins brodés au plumetis en soie, or et argent.

45. 96 — Grand couvrepied en damas de soie jaune. Environ 13 m.

50. 97 — Jolie portière en damas de soie rouge avec applique de galons et d'étoffe lamée d'argent.

83. 98 — Couvrepied en brocatelle rouge et jaune. 9 m. 60 c.

46. 99 — Autre en damas de soie cramoisie.

42. 100 — Autre du même genre avec galons et franges assorties.

11. 101 — Tapis de table rond en soie de couleurs variées.

102 — Deux rideaux en beau satin rayé de diverses couleurs. Époque Louis XV.

103 — Une grande tenture en satin croisé cramoisi. 45 m. 50 c.

104 — Tenture en damas de soie vert. 44 m. 70 c.

105 — Couvrepied en damas de soie bleue garni de franges pareilles.

25. 106 — Autre en soie jaune et verte.

40. 107 — Grande couverture de lit à volants en brocatelle rouge et jaune, garnie de galons de soie. Époque Louis XVI.

108 — Grand couvrepied en damas cramoisi, garni de franges
et galons de velours de même couleur.

109 — Très-grand couvrepied en satin cramoisi bordé de
franges de soie. 16 m.

110 — Deux rideaux en soie rouge à deux tons.

111 — Très-grand couvrepied en damas de soie rouge garni
de ses franges. 13 m. 75 c.

112 — Deux rideaux en satin rayé rouge, vert et blanc.

113 — Grande couverture de lit, soie à ramages verte et jaune,
frange de même couleur. 14 m. 75 c.

114 — Grande portière brodée en soie au petit point, représentant des personnages, sujets de chasse, etc., de la fin
du xvi⁰ siècle. Haut. 2 m. 75 c.; larg. 2 m. 20 c.

115 — Deux très-grandes portières en velours de soie, offrant
au milieu une armoirie avec couronne, supports, oiseaux,
branchages, etc. Haut. 3 m.; larg. 2 m. 20 c.